詩集

愛あるところに光は満ちて

堀田京子

コールサック社

詩集

愛あるところに光は満ちて

目次

二章　四季の音色

三章　あなたと共に

四章　命

詩集

愛あるところに光は満ちて

堀田京子

序詩

海

人生は悲哀の海だ
涙の海を泳いで渡る
あきらめず
浜辺にたどり着いたなら
砂に書こうよ
「愛」の文字
愛あるところに
光は満ちて

一章　ふるさと

ふるさと

思えばここは　私のふるさと
あなたと出会い
あなたと暮らした町

春には草木萌えたち
大地は甦り眠りから覚める
花咲き鳥歌い光あふれる街
夏にはひまわり咲きめぐり
あなたと過ごしたあの夏
燃える日々懐かし

秋には霧立ち込めて
深い森は弔いの季節
新しい命を宿しながら
冬には葉ボタン
柔らかな衣装をまとい
温かなあなたの愛を包む

思えばここは私のふるさと
永遠に眠りしあなたの上に
風そよぎ　星降るさと

空は見ている

空は見ている　秋の夕暮れ
優しかったあなたのことを
優しさゆえに　生きることが
下手だったかもしれないあなた
枯れ葉散るこの季節に
煙のように消えてしまったあなた

空は知っている　愛して別れてまた
生きて行くことの辛さを　生きにくさを
優しさゆえに　落ちこぼれてゆく日々

ふるさとの白い山々が
あなたの亡骸を包み込む
果てしない長い夜が終わりを告げた
今故郷の大地に抱かれ安堵の眠りにつく

空は悲しんでいる　風に吹かれて
弔いのわた雲が流れてゆく
そっと口ずさむ　夜明けのメロディ
涙と共にふるさとの土に還るあなた
優しかったあなたのことを
優しさゆえに　生きることが
下手だったかもしれないあなた
あなたのご冥福を祈るばかりです

冬　桜

秋の空は高い
そして果てしなく青い
澄みきった空に
もの悲しげに寂しく咲く冬桜
見上げれば
あなたの声が聞こえてくるよ
私の思いでが
濡れながらやってくる
ちらほらと
花びらがこぼれて舞い落ちる

風は面影を運び
私の胸はいっぱいになる
西から東へ流れゆく
白い綿雲
逝ってしまったあなた
過ぎゆきし日々は
夢幻か　詫びしく
わけもなく
もの思わする秋
淡き日々　冬桜のごとし
ああ哀しくて美しい

笑顔

ねじり花
咲けば懐かし　父母《ちちはは》の
在りし日の夢　ふるさとや
あの夏の日々
鎌振りかざし　草を刈る

赤とんぼ
歌えば懐かし　ふるさとの
亡き父母の　笑顔あり
ふるさとは今　彼岸花の中

かあちゃん

哀しみの果てに
母の声を聴く
「おやげねーなー」*
あの日あの時のままの　母の姿
私は一人なんかじゃない
かあちゃんがいるから
くじけない
かあちゃん　かあちゃん
何度もよんでみた
なんだか　力が湧いてきた

*可哀想の意

母の日に

野道を行けば　母子草
無言の愛に包まれて
ミカンの花も　咲きました
私は　元気に暮らしています
いつの間にか　まるい背中になり
あなたに似てきた　私です
天国へ　ムーンダストの
カーネーション
倒れそうに　なった時
支えてくれて　ありがとう
永久《とわ》の幸福《しあわせ》　感謝のしるし

父の日に

六月の雨に　濡れながら
父がやってくる
ライラックの香りと共に
あなたの心を連れて
「元気で　やってるかい」と
微笑みながら　肩をたたく
今も聞こえる父の一言
あなたは不死身
言葉にならないありがとう

マイ　スイート　メモリー

アカシアの花揺れる　古いこの道で
あなたとささやいた　夕べ忘れない
哀しみの時こそ　にこやかに語りましょ
何も言えなくなった　君こそ愛おし

花咲き鳥なく　古いこの庭で
風吹き過ぎゆき　雲流れゆく
苦しみの時こそ　爽やかに歌いましょ
帰らぬ日々の　思いでわすれない

昔の話

喉がヒリヒリ痛むときゃ
ネギが一番
藁の火で
焼いた長ネギ首に巻く

胃袋チクチク痛むときゃ
あったか米ぬか袋が一番
ほうろくで炒った米ぬかを
胃袋にあてる

父ちゃん出稼ぎ
土方の仕事
母ちゃん　空っ風の中
畑を守る
牛車にリヤカー

二宮金次郎は薪を背負い
厳しく　ひたすらに生きて
誰もが無我夢中の時代の話
今じゃ金さえあればいい時代
猫も杓子も狂いだす

百の仕事をして　女は生きる
百の畑を耕し　男は生きる
百姓は　百まで生きる

祭りの晩には
ゲイシャワルツに酔いしれ
チークダンスの悩ましさに浮かれ出す

私の心はカルメ焼き

昔のままの　サクサクカルメ
穴だらけになった　私の頭
まるでそっくり　カルメ焼き
覚えた歌は　逃げて行った
昔の友も　去っていった
旅の思い出も　みんな
どこかへ　行ってしまった

歳ふれど　サクサクカルメ
穴だらけになった　私の心

まだほんのり甘い　カルメ焼き
愛した人の　おぼろげな記憶
共に過ごした　家族との日々
懐かしい　故郷の父母
それらのものは　まだほんのり甘い

田舎暮らし

つるべ井戸のきしむ音
パタパタうちわで火おこし
七輪の炭火の炎
さんまの煙
するめをあぶる匂い
過去がクルンと丸まって見える
草萌え杏の花咲く里
洗い張りする母の姿
蟬しぐれを打ち消す雷雨
蚊帳の中で暮らした日々

いもっころを掘りだし
でかい樽で転がし洗い
祭りの太鼓
北風に空っ風　しもやけお手々
五右衛門風呂の温もり
うわっぱりに足袋
つつがなき日々が確かにあった

忘れないよいつまでも

忘れないよふるさとの空を
山よ川よ　良き人々よ
鳥歌い雲流れゆく

忘れないよ　ふるさとの風を
木々そよぎ若葉ささやく
草原を渡る優しい風よ

忘れないよふるさとの土を
母なる大地に光かがやき

大いなる恵み幸はあふれて
忘れないよふるさとの友を
時はうつり世は変われども
友の心変わらず我を迎えん
みんなみんな忘れないよ
いつまでも

ごはん

梅干しとおしんこ　塩昆布
質素な暮らしが人を作った
米一粒むだにしたら目がつぶれる
親には孝行　人には親切
己を律し　ひたすら生きる

わけもわからず

わけもわからず　この世に生まれ
わけもわからず　子供時代を過ごした
野山をかけまわり　風の子になって遊んだ
チンドン屋さんの後について回った
紙芝居屋さんの水あめをなめて過ごした
わけもわからず　思春期は
死んでしまいたいと思った
わけもわからず　ふるさとを捨て
都会に出てきてしまった

いつの間にか　心を重ねる人に出会い
わけもわからず　結婚　出産　子育て
ひたすらに働きまくり半世紀
挫折を繰り返しながら
あっという間に過ぎ去った日々
今思えばなんと素晴らしい私の時代
すべては光の中にあった
親業を捨てたわけではない
主婦業を捨てたわけでもない
でこぼこ道まがり道を
共に歩き生涯を紡いできた
妻業もこなして　彼の亡骸を墓に葬った
果てしないこの道
ご縁と宿命・運に身を任せ生きてきた
白髪をすきながら迷う

愛の絆のはかなさに溺れ
つれなき我が子におののき
流す涙のしょっぱさ辛さ
人生は愛おしく
なんと侘しいのだろうか
すべては颪の中
嵐吹けば嵐の中を
雪の日には雪の中を
心温かき人々との　出会い
良き日々をけして忘れない
そして私はもう迷わない
辛くても生きられる
わけもわからず　もう少し生きたいと思う
あの人の写真を胸に
孤独を道づれにこの道を行く

消えゆくものよ憐れなり

1

一つ屋根の下にいて
個食の時代　お膳やちゃぶ台は死語になり
消えゆくものよ憐れなり
一つ屋根の下にいて
メールで会話をする時代
消えゆくものよ憐れなり
一つ屋根の下にいて
おなじテレビを見るでなし
消えゆくものよ憐れなり
兄弟は他人の始まりか

親も子もへその緒の絆は絶たれたり
過去を葬り　気ままに生きる
消えゆくものよ憐れなり
貧しき暮らしを知らぬ者達
豊かなる時代の個人主義か
機械の思うままに操られ
進化か進歩か時の流れは
バラバラなるもの憐れなり
義理人情　感謝の心　昭和の時代
平成の金が幸せ連れ去っていった
有り難う　ごめんなさい　助けてと
言い合える家族は崩壊したのだろうか

2

消えゆくものよ憐れなり
テンテン　テンテンまりどこ行った
お手玉羽根つき　コマ回し

消えゆくものよ憐れなり
竹馬ごっこは夢の中
めんこにビー玉かるたとり

消えゆくものよ憐れなり
トントントンからリンの隣組
風呂焚き　飯炊き　お手伝い

消えゆくものよ憐れなり

田も畑も　ドドット　ドド
桑畑今は無く

消えゆくものよ憐れなり
おっ切り込み鍋囲んだ家族よいずこ
一人侘しき　孤立の時代

消えゆくものよ憐れなり
懐かし友よ　いざさらば
二度と会えない　この侘しさよ

二章　四季の音色

すずめ　すずめ　ここまでおいで

すずめ　すずめ　遊びにおいで
チイチチ鳴いて　ここまでおいで
勇気あるものには　沢山のパン
ビクビクしているものにも　沢山のパン
怖がらなくていいんだよ
ため息ばかりが　能じゃない
私を信じてここまでおいで
腹が減っては戦はできぬ
朝霧立ち込め季節は巡る
梅のお花がほころんだ

水仙の花も香りだす
待ってる春はここまで来たよ
さあ　おいでおいで
ここまでおいで

春だよ

雪解けせせらぎ青い空
春に涙は似合わない
すみれ　タンポポ　れんげそう
つくしの坊やは踊ってる
ハハ　春だよ　春が来た

春来れば　水ぬるみ山笑う
べそをかくのは似合わない
春は芽吹きの真っ盛り
ヒバリは歌を思い出す

ハハ　春だよ　春が来た

ゴロンと昼寝の子猫ちゃん
足元にじゃれつく子犬くん
寝ていた虫もお目覚めの時
春はやっぱりうれしいんだね
ハハ　春だよ　春が来た

来たよ　春が

風に震える福寿草
金の花びら炎と燃えて
春を呼ぶ子らの声
陽だまりに
見つけたよ蕗の薹
ほろ苦い舌の記憶
懐かしい春の使者
ろう梅に別れを告げて
マンサクの花踊りだし
小道を行けば　姫立金花

桃のお花も咲きました
甘い香りが風に乗る
木々は芽吹きの準備万端
来たよ　春が
小鳥の歌は野に山に

ハコベに寄せて

ほーら　咲いたよ　白い花
七草　ハコベの白い花

ハコベ　ハコベ　元気をハコベ
凍てつく大地の　たくまし命

ハコベ　ハコベ　良い運ハコベ
あなたと共に　生きてゆく

ハコベ　ハコベ　わが愛ハコベ

あなたの胸に　火をともせ
ハコベ　ハコベ　明日の夢ハコベ
追憶の花　ひよこ草
私の好きな　白い花

風

小さな風は　どうしたの
小さな虫の　おひげをゆすり
こんにちはと　ご挨拶
お空へスーッと消えてった

大きな風はどうしたの
甘いリンゴを　振り落とし
ごめんなさいもいわないで
どこかへサーッと逃げてった

優しい風はどうしたの
私の髪飾りなでながら
愛しい人の耳元へ
こっそり愛の言葉を運んだよ

踊り子草

春の使者　踊り子草
つややかに　あでやかに
あなたは虚無草　舞姫さん
踊る阿呆に　見る阿呆
やっぱり踊るが一番と
行く春に身をゆだね
笛や太鼓で　謳歌する

カマドウマ

便所虫と呼ばれ
日陰者の　カマドウマ
ジャンプは誰にも　負けないね
長いおひげも　オシャレだよ
背中丸めて　ひとっ飛び
人の陰口　大嫌い
噂話は　聞きたくないよ

草原へ

バッタに会いに行きました
バッタは私を避けるように
葉っぱの裏に身を潜め
おひげをピン
息まで殺しておりました
ちょいと私がさわったら
あわててぴょんと飛び立った
お前も命が何より大事

バッタとお話しましょうと

私が声をかけたなら
逃げるが勝ちとまたとんだ
人間は怖いものだと
知っているあなた
運が良ければこの夏は
家族を増やして万歳だ
運が悪けりゃハイそれまでよ
バッタのおうちは
空き家になってしまうでしょう

へちまの花の咲く頃に

へちまの花の咲く頃に
そよ風に乗り歩いて行った
小鳥のさえずりききながら
どこまで続く遠い道

へちまの花の咲く頃に
雨の中傘もささずに歩いて行った
見上げれば虹の橋
野の花摘んであの人に

へちまの花の咲く頃に
飛ぶ雲追いかけ歩いて行った
どこかにあなたがいるようで
思い出抱き寄せ懐かしむ

くすの木よ

くすの木が　笑った
クスクスと　笑った
くすぐったくもないのに
クスクスと　笑った
おかしくもないのに
クスクスと　笑った
なぜって　お前はくすの木
枝を落とされるたびに
クスッと　笑いながら
四方八方に　手をひろげ

大空さして　伸びてゆく
淡きみどりの可愛い花よ
小鳥のさえずり梢の背なに
繁みをゆすり涼風が走ってゆく
嵐の夜も　おそれずに
根を張り　生きる
お前も　喜寿まで頑張れよ
愛しているよ　君のこと
ああ　くすの木よ　お前が大好き
お前は　私の希望だから

野の花

野に咲く花よ
あなたを見たら涙が出たの
あなたの名前を私は知らない
ぽかぽか春の陽うれしくて
にっこり笑って　お口をつぼめ
気高く可憐に　心にしみる薄紫よ
地べたにへばりついて生きている
何を食べたら　こんなにも
素敵に素直に　咲けるのでしょうか

鬼百合

炎天下　焼けつくような日差しに
負けじと鬼百合が咲きほこる
あなたは　そばかす美人
全開のイナバウアー
おしべとめしべが踊っています
葉っぱの付け根には沢山のタネタネ
まるでほくろのようですね
鬼百合の名前なんかどうでもいい
燃えて燃えて幸せいっぱい
父の好きだった花　ふるさとの花

ひと夏の恋

ダンゴムシが
愛し合っていた
花壇の片隅
風が吹こうが
雨が降ろうが
丸まって重なり合い
動かない　ふたり
虫たちも愛に生き
愛に死す身
ひまわり燃えめぐる

この日この刻
虫も鳥も
歌っている
たったひと夏の
愛おしい命
いじらしく
ひたすらに謳歌する
スイーユー　トモロウ
スイーユー　アゲイン

夏が来た

海の声
聞きたくて
浜辺に来れば
海ほおずきが
ザンブラコッコ
山の声
聞きたくて
はるばる行けば
こだまでしょうか
ヤッホッホ

川の声
聞きたくて
岩間に立てば
ホーホーフクロウ
呼んでいる
君の声
聞きたくて
闇夜に出れば
青い月が
こんばんは

お蚕《こ》さま

朝から晩まで　小首をふりふり
桑の葉シャリシャリうんまいか
眠っておきてまた食べて
桑の葉　甘いか　しょっぱいか
いまも聴こえる　あの食べる音
シャリシャリ　シャリシャリ
食べて眠って　脱皮する
四角いうんこは葉っぱ色
まるまる育てば　もういいよ
さてさてこれから一仕事

吐いて吐いて　はきつくす
立派な繭の出来上がり
天の虫様　さなぎになった蚕様
まだまだ仕事がありますよ
蛾になり　卵を産みまする
繭はりっぱな織物に
金襴どんすの嫁ごさん
それでいいのだ人生は
桑の葉かげじゃ
尺取り虫が　見てござる

夏の日

どしゃぶりの雨　洗濯物はぐしょぬれ
まるで私の心みたいね
なりたい自分になるなんて
かっこいいことというけれど
なりたくない自分が見えて切ない
アレ　アノ　何だっけ
三歩も歩かず物忘れ　探し物
暑さか加齢か誰のせいでもない
つまずくまいと思えど体が反応
スッテンコロリン　オットット

オタンコナスかぼちゃ
血を見て座り込む
ドジで間抜けでおっちょこちょい
すッパ味噌っ歯　頭が痛い
骨折の難を逃れ　よしとしよう
強烈な夏の朝日に手を合わせ
今日の一日が始まる
温暖化で　猛々暑
荒れ狂う気象　自然災害
日照りに泣く作物も生き物も
私も必死で生きている

棗《なつめ》よ　棗

嬉しいな　箱入りなつめが　やってきた
今日はあなたのお嫁入り
緑葉そよそよ風になびかせ
さんさんと光浴びつつ青空高く
深く根を張り踏んばれなつめ
私の庭で小鳥と遊べ
毎日私とお話しましょ
伸びゆけなつめ
心配しないでいいんだよ
日照りの夏にはたっぷりの水

悪い虫さん追い払い
嵐の夜は私が支えてあげるから
有機肥料をパラパラと
実りの時には祝杯を
なつめ　なつめ　私のなつめ
一日三粒　戴きましょう
食べればたちまち　つやつや美人
あなたのお恵み　私に下さい
あなたのお恵み　あの娘にあげよ
あの娘の病も　治りましょうに
薬効百%　誰でも元気になる　棗よ　棗

虫の天国

ひまわり咲いたよ十万本
ミツバチさんは稼ぎ時
炎天下おどけているのは
おつるみバッタ
スキスキスキッと恥じらいながら
愛を語るはキリギリス
コガネムシは食事中
かなかなゼミは生き急ぐ
カマキリ虫さん勇気りんりん
鎌振り上げて挑戦だ

トンボさんここらでちょいと一休み
風鈴チリチリなりました
コオロギコロコロ子守歌
草むらは虫の天国
とろろ葵も微笑んで
鬼灯提灯《ほおずきちょうちん》燃えている
命輝くこの季節
恐れることはないんだね
愛と勇気を道ずれに
楽しく元気に行こうじゃない

生きているんだ

おつるみカップルさん
恋に狂った黒い羽虫
いそいそと　メス引きずりまわし
みるみるうちに薄い羽広げ
オレンジ色のお尻丸出し
あっという間に　ランデブー
風は優しく彼らをのせて
新婚旅行に　連れてった
小さな虫にも　命の輝き
私も　なってみたいな
あの人の思いのままに

花火

1

夕されば
闇夜を焦がす花火あり
天空に咲いた愛の花
闇夜に輝く命の灯
喜びも悲しみも　みんな人生
消えゆくは　はかなきものよ
人の世も栄枯盛衰移り行き
明日をも知れぬ命あり
打ち上げ花火に涙をこぼす
一瞬の今こそ　私の人生

2

日本一長い信濃川の河川敷
日本一素晴らしい夕焼けが山並みを染める
日本一の三尺玉の　闇に咲く大輪の花
夕闇の中　戦死した御霊に祈り平和を願う
夕闇の空　夏の思い出を　打ち上げる
夕闇の故郷へ　復興と感謝を打ち上げる

爆音がとどろき体を突き抜ける
錦の輝きが躍動し空を埋め尽くす
高なる鼓動　皆の心が一つになる
愛の花　燦々と人々に降り注ぐ
音楽と共に　長生橋にはナイアガラ
煙は風にのり　山の彼方へ流れてゆく

桟敷につどう数万の老若男女
夜空に煌めく　夢と希望の花の命
天と地を結び　人々に歓喜を届ける
人もまたつかの間の輝きのために生きている
未来の空へ　世界の空へ
花火は永遠の愛を　夜空へ叫ぶ
シュルシュルシュルシュル　ボンボンボンバンバンバン

芝生

けられても　ふまれても
根をはり伸びる
太陽に　向かって生きる
子供を遊ばせ　大人を遊ばせ
より芝生らしく緑をよそう

夕べは　どんな夢を見たの
朝露に濡れて　泣いている
涙が小さい星のように
きらきらと　光っている

ススキの穂　ほうけ
揺れてゆくゆく秋はゆく

蓑虫

風に揺られて　蓑虫君
おどけた顔して　浮世を見てる

蓑にくるまり　ブーランコ
自然に学べと　言っている
命綱　枝に繋いで　秋はゆく
今日の一日　満ち満ちて

いがぐり坊や

いがぐり坊やが　茶色に染まり
いつしかパクンと　笑むように
私も　自然に笑んでいよ
中から美味しい栗の実が
コロンコロンと落ちるように
私も言の葉つむいでゆこう

カラスの歌

カラスの母ちゃん　なぜなくの
一人娘の　ハナちゃんが
インフルエンザで　熱出した
甘いお薬　ちょうだいなーと
かあかあ　なくのよ

カラスの父ちゃん　なぜなくの
一人息子の　タロちゃんが
頭にたんこぶ　できちゃった
おでこに膏薬　貼ったろかと

かあかあ　なくのよ
カラスの子供は　なぜなくの
兄弟ゲンカも　はなやかに
おいしい　ご飯が食べたいよ
早く大きく　なりたいよと
カカカカ　カアカ　なくのね

※日本では嫌われ者のカラスだが、モンゴルではカラスは先祖の化身、とても大切にされている。

カラス　カラス

雨が雨が　降っている
カラスの母ちゃん　寒かろに
カラスの父ちゃん　冷たかろ
カラス　カラス　風邪ひくな

どしゃぶりの　雨の中
カラスの子供は　啼いている
腹がへったと　泣いている
朝飯まだかと　待っている

なかなかやまない　春の雨
おすそ分けでもしましょうと
夕べの魚の食べ残し
そーっと　お庭に置きました
ありがとうともいわないで
一つ残らず　あさっていった
カラスカラス　かんざぶろうや
今日も元気で「これからだ　これからだ」

十月桜の咲く頃は（冬桜の花言葉・寛容・神秘な心）

十月桜の咲く頃は
も一度春が来たようで
私はなんだか嬉しいな
金色葉っぱの道行けば
空からぎんなん降ってきて
思わず一つ手のひらに
青いお空は海のよう

十月桜の咲く頃は
も一度春が来たようで

私はなんだか嬉しいな
カサコソ落ち葉がささやく道に
満天星《どうだん》ツツジが燃えている
鈴なりミカンの実が揺れる
里の柿の実熟れたかな

十月桜の咲く頃は
も一度春が来たようで
私はなんだか嬉しいな
山道坂道登って行けば
赤いモミジ葉ひらひら舞って
夕日に川面が光ってる

逝く秋

海のような青い空
旅支度したモミジ葉燃える
うろこ雲たなびく高い空
イチョウは黄金に光る
竹林は緑の衣服をまとい
凛とたたずみ生い繁る
風雪に耐え生きてきた木々の
光輝く命の終焉の鼓動高なる

たとえようもなく　美しい紅葉は

燃え尽きる瞬間の　命の輝きだ
新しき命を宿し　散りゆくおまえ
秋は静かに逝く　日暮れと共に
ものみな大地に還る
人もまた紅葉するために
今を生きているのかもしれない
紺碧の空のもと
美しく死に化粧して
舞い落ちるひとひらの命
哀しくも愛おしきかな

寂しい夜

それは木枯らしの吹きすさぶ寂しい夜でした
赤い靴はいて　赤い服着て
このまま消えてしまいたい夜でした
世界一周の旅に
誰も知らない地の果てに
あれから三〇年　駄々っ子みたいなあなた
「音大に行きたかった」なんて
何に甘えこだわっているのでしょうか
自分で決めた進路ではなかったのですか
自分の人生自分の心が決める

もしかして内なる声に逆らって……
私は悲しくて寂しくて涙も出ない夜でした
私の胸は愛の重みにつぶれそう
あなたは仮面をかぶって
生きてきたのでしょうか
脱ぎ捨ててください　その仮面
私はやっぱり泣きました
そしてババになりました
私は言いました　今は亡き私の親に
産んでくれて　ありがとう
温かい愛を　戴き幸せでしたよと

雪が泣く

踏まれて　踏まれて
雪が泣く　キュッ　キュッキュ
むなしくて　悲しくて
雪が泣く　キュッ　キュッキュ
どうしようも　なくて
雪が泣く　キュッ　キュッキュ
命のはかなさ　知った日に
雪が泣く　キュッ　キュッキュ
愛しきものよ　私と共に
雪が泣く　キュッ　キュッキュ

いつになったら　雪溶ける
雪が泣く　キュッ　キュッキュ
夢は雪原に　砕け散り
雪が泣く　キュッ　キュッキュ
はかなきは　人の命か
雪が泣く　キュッ　キュッキュ
北の空は　春遠からじ鉛色

優しい優しい　トナカイさん

優しい優しいトナカイさん
道に迷った人あれば
地図を片手にご案内
にこやか笑顔のトナカイさん

優しい優しいトナカイさん
病に苦しむ人あれば
良く効くお薬プレゼント
心配しなくていいんだね

優しい優しいトナカイさん
恋に疲れた人あれば
嘆かなくても大丈夫
ぼくがお話聞きましょう

ひとは皆　いつかはお空の星屑に
はかなくも美しいひと時の人生
サンタの住む国夢の国
トナカイさんは夢運ぶ

ポインセチア

目に染みる赤い花　流された血の象徴
緑の葉っぱは　永遠の命
クリスマス　聖夜　クルシミマス
大都会は華やかなイルミネーション
駅にたたずみ　物乞いの浮浪者
片手を出して　蚊の鳴くような声で
百円　百円とつぶやき続ける
木枯らしの中　無関心の群衆の波
彼の衣服は濡れていた
ガード下にも浮浪者

段ボールの家で寒さをしのいでいた
パンのみを求めてさまよう生きざま
彼らはどんな人生を歩んできたのだろうか
聞く術もない　この街の　同じ人間
華やかなクリスマスの音楽が鳴り響く町で
さまよえる貧しき人々の群れ
イエス様にお願いしたところで
救われるはずもない暮らし
あたたかい食事でも取れたらいいのに
マッチ売りのおじさんには見向きもしない
ポインセチアの鮮やかさが哀しい

サンタさん　お願い

難病の子供は　言いました
　この病を治す　お薬をください
若者は　言いました
　正規職場を　お願いします
脳梗塞のおじさんは　お願いしました
　わたしには　自由に動く足をください
肺がんで闘病中の　叔母さんは言いました
　私には健康な　肺をください
腰の曲がった　おばあさんは
　若返りの水が　欲しいと言いました

入れ歯の寿老人は　言いました
　わしには丈夫な　歯と目をください
サンタさんは　困ってしまいました
そのようなプレゼントは
あろうはずも　なかったからね
仕方がないから　サンタさんは
　世界中の　誰にでも平等に
熱い投げキッスを　送りました
このキッスを　戴くと
みんな　元気が出てくるのでした

大きな木

ホホ　ハハハ　ホホ　ハハハ
大きな木はいいなー
太い幹はお母さん
子供たちをおんぶにだっこ
木に登らせて遊ばせる
小枝は風になびいて話しだす
葉っぱの木陰で一休み
追いかけっこにかくれんぼ
ダンスも見られて楽しいだろうな
夏には虫たちやってくる

猫ねころんで犬は番
梢で小鳥も歌いだす
花咲きゃみんなで万歳だ
秋には枯れ葉の雨降らせ
落ち葉のじゅうたん敷き詰めて
ゴロゴロ転がりジャンピング
寒い冬には落ち葉たき
焼き芋ほかほか食べたいな
雪が降ったらそりすべり
巨木は裸んぼうで大空目指す
みんなの笑顔が幸せを呼ぶ
いいぞいいぞ　イエイ

歌い踊れ

風にのり聞こえくるよ　ジプシー音楽
もの哀しく　美しく　時には激しく
狂おしいまでに　切なく流れゆく
イスラエルの民の　喜びの音楽
・
ミザールに　脈々と流れる祖先の血
踊れば心は他国の空へ　夢はこび行く
タンゴにジルバ　情熱の音楽

燃え上がる恋　たぎる血潮

ロシアの民の　戦いに疲れし嘆き哀しみ
波動はこの胸に響き　ひろがる

消えゆきし　わらべ歌あれど
この国の　民族の言葉は不滅

歌えば世界は　幸せになれるはず
踊れば世界は　平和になれるはず

うぬぼれワルツ

雨降れば　雨の中
蛙のなく声楽しみに
うぬぼれワルツを歌って行こう
風吹けば風の中
追い風受けて走りゆく
うぬぼれワルツ踊ってゆこう
雪降れば　雪の中
雪踏みしめてもう一歩
うぬぼれワルツ口ずさみながら
嵐の夜は　じっと耐え

さわやかな朝を待って眠る
うぬぼれワルツは子守歌
星降る夜に　思いをはせて
煌めく夢を追いかけて
うぬぼれワルツのオーケストラ
暗闇の中に茜さす
その日がいつか来ようもの
うぬぼれワルツのパレードだ

私の好きな

私の好きな　青い空
雲をふわふわ遊ばせて
小鳥たちは鬼ごっこ

私の好きな緑の芝生
子犬をコロコロ遊ばせて
子供たちはかくれんぼ

私の好きな藤の花
髪にさしたら舞妓さん

ミツバチぶんぶん喜んで

私の好きなあの人は
今頃どうしているかしら
私と同じ赤い月
じっと眺めているだろか
それとも　一杯ゴクリと飲んで
ほろ酔い気分で白川夜船
夢の中で会えるといいな

冬薔薇《ふゆそうび》

霜は大地をおおい　白く光る
裸の木々は　黙して語らず
アンネのバラは　頭うなだれ
花びらを　しっかり　包み込み
風に揺れている　名残の花よ
オレンジの　色も香りもそのままに
凍てつく中で　息づくお前
今はじっと耐えて　春を待つ
明日を信じて　生きている
木枯らし吹きすさび　時はゆく
夢は帰らずとも　今を生きる

三章　あなたと共に

仮死

胸騒ぎ
朝一番に駆け付け見れば
冷たい部屋に　置き去りにされ
そこにあなたは　倒れこんでいた
うつろな瞳をかすかに開けて
「お母さん　そんなに苦しくないよ　大丈夫」
あなたは澄んだ瞳でささやいた
本当に衰弱してしまった体
手足は氷のように固まり
仮死状態のあなたがいた

救急タンカに乗せられて
体温計測できず
寂しい永い夜だったことだろうに
泊まってあげればよかった
むくんだ冷たい足を
さする私の手が震えていた
必死のおもいで
サイレンの音に祈る
お願い　生きていて

泣き言

泣き言を
言わないあなた
泣き言を
聞くより辛い
言えば　楽になれるのに
それが言えずに
今日まで耐えた
もういいんだよ

雨にも負けず　風にも負けず

自分にまけないつもりで生きてきた君よ
ストレスの渦に飲み込まれて
傷つき倒れ今　死の淵に立った
東にカイロプラティックがあれば
体にいいからと通い続け
西に癌に効くお茶があると聞けば
早速試し飲み
南に免疫力アップの酵素があると聞けば
すぐに取り寄せ
北に漢方薬の名医がいると聞けば
藁にもすがる思い
病は何を教えに来たの
私にはわからない
生きる苦しさに　耐えかねて
いっそ　谷底に飛び込んでしまいたいと

おもいつめる時もあるだろうに
泥沼から抜け出そうと必死のあなた
時すでに遅し　病は体を蝕んでいった
力尽き息も絶え絶え　４度目の救急車
嫌っていたステロイドのおかげで
命拾いができた今すべてに感謝

涙の詩

哀しくて　哀しくて
涙が一つ　ポロンと落ちた　草の上
ポロンと落ちて　きらりと光り
風に抱かれて　消えてった

嬉しくて　嬉しくて
涙が二つ　ポロポロンと落ちた　菜の花に
ポロポロンと落ちて　パーッと咲いて
春が来たよと　知らせてる

寂しくて　寂しくて
涙が三つ　ポロポロポロポロンと　枕を濡らす
ポロポロポロポロンこらえきれないこの私
三日月お月さん　窓から見てる

暗いトンネル　抜け出れば
そこに青空　あるのだろうか
明日は元気に　なれるだろうか
あの子の未来は　来るだろうか
悲しみは海の底深くに沈めてしまいたい

追憶

あなたを　叱った　記憶はないが
あなたには　叱られた記憶しかない
階段の踊り場に　うずくまり
哀しみ　こらえたあの頃
桜吹雪の　花蔭に
十五夜お月さん見てたでしょうか
戯れに　ブイブイ鬼灯ならしつつ
甘酸っぱい　昔物語
あなたを　叱った　記憶はないが
あなたには　叱られた記憶しかない

母

母は　命かけて　あなたを産む
母は　命かけて　あなたを育てる
母は　命かけて　あなたを守る
この世に一つ
かけがえのない
大切な　命
命がけの　母の人生

血と涙

一緒なんだね
血と涙
なめればしょっぱい
命の味が
生きてる証しの
血と涙
どくどく流れる　私の血潮
ぽたぽた滴る　涙の雫
どちらもみんな温かい

十字架

人はだれも
十字架を背負って生きている
ああ　マリア様　イエス様
私は悩める　かよわい子羊
天にまします我らの神よ
お恵み下さい　あなたの愛を
聞かせて下さい　あなたの言葉
優しい愛の　祈りと共に
大きな御胸に　ゆだねましょう

生きる

生まれてきたのは
生きるため
だから生き抜くのだ
這いつくばってでも
般若心経の心を糧に
命の限り
力尽きるその日まで
何時でも私は
あなたの伴走者

オーマイゴッド

私の青い鳥　色即是空　空即是色
病に倒れ　瀕死の白鳥
私にできることは一つ
あなたのそばにいて　あげるだけ
優しい優しい天の神様
仏様　ご先祖様
あの子の命をお守りください
とめどなく溢れくる私の涙
全身の硬直　身を切られるよう
胸に刺さる痛み　針の筵

アーメン　ナムナム　オーマイゴッド
天にましますわれらの神よ
わたしの祈りよ　あなたの御胸に

初日《はつひ》

ほら見てごらん
朝焼けの空を
木立の向こうからやってくる朝
新しい年が始まる
幸せとは自由のことなんだと
ささやきながら　降り注ぐ光よ
新しい年を祝福しにやってくる
あの子の心を束縛する事はできない
とじた貝の口をこじ開ける事はできない
全てがむなしく　無常の世界

死はあまりにも近い
荒野に立ちすくむ　孤独な戦士
親の心子知らず　八方ふさがり

手あて

あなたの　凍えたその手を
私のこの手で　包んであげたい
優しくさすれば
心まで　温かくなるに違いないから
あなたの　つかれた背中を
私のこの手で
ゆっくり優しく　さすってあげたいのです
子供の頃のように
素直な　あなたになれるでしょう
冷え切ったあなたの心も　私の心も

いつの間にか　温もりで満たされて
ありがとう　と　感謝の気持ちが
芽生えてきましょうものを
でも今は　私の声は届かない
ああ　夢のように　過ぎ去った日々よ
胸を開ければ　懐かしくよみがえる
あなたの感触　生きている温もり
柔らかな　日差しの中で
溶けてしまいそうな　気がします

我が子よ

私は　あなたの　手となり　足となりましょう
口となり　耳となりましょう
眼となり　頭ともなりましょう
どんな時でも　あなたの盾になりましょう
泣くときも　笑う時も一緒です
あなたの苦しみ　そのまま私に
あなたと　共にありましょう
世界で一番あなたの事を愛しているよ
私は命かけてあなたを守りたいのです

疲れし人よ

荒波にもまれて君は
難破した一そうの笹舟
櫓かいをこぐ力も失せ
波にもまれて漂うばかり
幾たびか波に飲み込まれ
絶望の淵に立つ
あきらめるな生きることを
母の悲痛な叫びはあなたに届かず
暗い闇に消えてゆく

東風《こち》吹けば

桃のお花が咲いたとて
なんで私は嬉しかろ
あなたはベッドで虫の息
おひなまつりがやってきた
あなたの黒髪ごそっと抜けて
なんて悲しいお雛様
春の弥生の　スイートピー
少しだけ心和ませ
東風に揺られて　黙って咲くよ

嬉しいな

トイレで
おしっこできるんだってね
凄いね
車いすに乗れるなんて
やったね
首も上がらなかったあなた
今は嬉しい私の涙
赤い靴　履いて坂道行く私

はじめの一歩

はじめの一歩　もう一歩
立てば歩めの　親心
歩行器を支えに　歩き始めたあなた
良かったね　一人でトイレに行けるんだ
トレーニングパンツは　もう脱ぎ捨てて
自分の足で歩くんだ
木蓮の歌が聞こえるよ

また一つ　できることが増えたネ
明けられなかったペットボトルの栓

今日は自分で　ひねれたね
おいしいね　ほうじ茶は
自分で開けたお茶だもの
さくらの花が咲くんだもの

こぶしの花

こぶしの花が　闇夜にポカリ
あなたの　ポンポンはずむ声
あなたの　にっこリ笑う顔
光さす窓辺　愛を取り戻した日
とめどなく　溢れくる涙　命の鼓動
生まれ変わったあなた
純白のこぶしの花が　また一つ
春を知らせに　やってきた
ぽっかり　音たて　咲きました

春の日に

四月八日
お釈迦様の生まれた日
甘茶で祝う
桜吹雪の花蔭に
悲しみの向こうには
慈愛の花咲く山がある
生きてきた
あなたに逢えて心桜色
人皆　美しき
咲けば優しき愛の花

薬

泣きぐすりに
笑いぐすり
怒りぐすりと
数々あれど
薬効あるのは
時ぐすり
全ては時にゆだねましょう

自分

自分を救ってくれるのは
自分でしかない
だから　自分を信じ大切に
愛おしんでゆこう
ハグ　ミー　ハグ　ユー
心も体も　柳のように
なれたらいいな　夢だけど
できることを　できるだけ
明日はきっと　いい天気

ラヴ　ユー　ララバイ

風に吹かれて
あなたは弱さを知った
雨に打たれて
あなたは強くなった
雪降る原野で
あなたは孤独を知る
人は皆一人
夜は闇に眠る
命の灯ともして
ラブ　ユー　ララバイ

疲れた時には
私の腕の中に還っておいで
温もりを分けてあげよう
ラブ　ユー　ララバイ
お前をこの愛で
包んであげよう
ほら　夕日が燃えているよ

きみの笑顔すてきだよ

君は今生きている
暗いトンネル抜けて
雪国に住んでいる
孤独に耐え自分と向き合い
若い力信じ生きている
笑顔忘れず前を向いて

君は今生きている
苦しいこともあるだろさ
眠れない夜もあるだろさ

希望があるから生きるんだ
命輝くその日きっとくる
きみの笑顔すてきだよ

君は今生きている
次のトンネル抜ければ
やがて雪解けて花の季節
嬉しい春が来るからね
私と一緒に喜び歌おう
きみの笑顔すてきだよ

あなたへ

あなたの柔らかい命　微笑み
父さん母さんからの　贈り物
あなたが　生まれた時
母さんは　うれしくて泣いた
父さんは　にっこり笑って
優しくあなたを抱き上げた
幸せに　溢れていた
ああ　懐かしく愛おしき日々よ
飛び去ってしまった　小鳥たち
嬉しい事　哀しい事　楽しい事　辛い事

どれもみな　あなたの人生
傷つき　羽のない天使になったとしても
希望さえあれば　人生は素晴らしい
あきらめてはいけない　どこまでも
母の顔に刻まれた　古いシワの記憶
夢か現か幻か　すべては風のよう
悲しみの果てに　嘆きはしない
人生は何物にもかえがたく　愛おしいもの
世界にただ一つの　あなたの命　希望　未来
さあ行こう　楽しいことが待っている

我が想い風になり

我が想い風になり
広い宇宙へ流れゆけ
我が想い歌になり
ジプシーの哀しみ伝えゆけ
我が想い風に乗り
あなたの胸に届くよう
我が想い風に舞い

新世界へ運びゆけ
我が想い風に抱かれ
運び行け汝がもとへ
我が想い風になり
育ちゆけ子供等よ

ブルータス　お前は

岩礁に乗り上げ座礁した豪華客船
お前が乗り移ったのは泥の舟
波に逆らうまでもなく沈みかける
自力で泳ぐ以外に術もなし
沈みかけたあなた
手を差し伸べても届かない
虚栄もプライドも何の意味もない
灯台の灯がちらついている
懸命になればなるほど苦しみは増す
鎧兜を脱ぎ捨てていますか

自分を信じ人を信じ命の限り泳がねば
力を振り絞り命の炎燃やすとき
ごめんなさい　たすけてください
たとえ隣人が冷たい牙をむいたとしても
おお　十字架よ　救いたまえ
運を天に任せて　私は岸辺で祈ります
私はあなたを信じて祈ります
小高い丘の教会の鐘が鳴りました
夕焼けの空があなたを見守っています
手を振り　あなたの無事帰る日を待っています
よせては返す波が砂を洗って行きます
岸辺についたなら　感謝の心で迎えましょう
この体であなたを　抱きしめてあげたいのです

迷い

なぜ　どうして
だから何なの
いくら考えても
人生に答えは出ない

語らずに　語る
踊らずに　踊る
歌わずに　歌う
弾かずに　弾く
治さずに　治す

袋小路や
険しい山道
まっすぐな道はない
人は皆　傷つきながら
重荷を背負い
歩いてゆく
生きるとは
何と　難しい事だろうか

野鳥と遊ぶ

おいでおいで　みんなおいで
かわいいメジロは　ミカン大好き
やんちゃなヒヨドリ　我が物顔で
リンゴの皮をむさぼり食べる
おまけに菜っ葉をむしゃむしゃつまむ
おこぼれ頂戴　スズメ達
子スズメたちは　パンが好き
いくら食べても　底なしスズメ
窓をたたいて　コンコンコン
おしゃれジョウビタキは水浴びにきた

そこのけそこのけ　カラスの登場
仲間を呼んでやってきた
えもの丸ごとかっさらい
畑の中で独り占め
こんこん雪の降る日にも
腹をすかしてやってくる
生きねばならぬ　たくましく
食わねばならぬ　生きるため
おねだり上手な野鳥さん
見取れる私は　幸せバアバ
夕焼け小焼けのチャイムがなった
早くねぐらにお帰りみんな

お陰様

生まれることは　選べない
育つ環境も　選べない
生きることは　自分が決める
頑張れって　言わないからね
大丈夫だよ　お陰様を忘れなければ
あなたは一人で歩いて行ける
私はそばで　待っている
かけがえのない　人生
自分らしく　歩いて行こう
生きていれば　また会えるから

四章　命

そうなんだ

悲しい時には　天仰ぐ
両手いっぱい　空を抱く
目にしみる　青い空
そうなんだ　生きてるものは皆悲しい

寂しい時も　天仰ぐ
太陽まるごと　懐に入れてみる
温もりいっぱい　勇気が湧くよ
そうなんだ　生きてるものは皆寂しい

辛い時には　大地にひれ伏す
生きとし生ける者の声を聴く
虫けらよ　泣くんじゃないよ
そうなんだ　生きてるものは皆辛い

やるせない　夜には
闇夜に向かって吠えてみる
大きなお月さん　背負って行こう
そうなんだ生きてるものは皆やるせない

どんな時でも　星に祈りを
満天の銀河に向かいて投げキッス
あとからあとから　流れ星
そうなんだ　生きてるものは皆素晴らしい
愛と勇気を友達にあなたと一緒に歩いて行こう

命

たすけてください
ありがとう
ごめんなさい

そうなんだ
人は人に助けられて
生きているんだね
そうなんだ
人は誰かのために
生かされているんだね

そうなんだ
人は夢を叶える明日の為に
生きているんだね
そうなんだ
人は美しいものを
美しいと感ぜられた時
命が喜んで
あの青い空のように
さわやかな気持ちになるんだね

魔法

こぼれる私のこの涙
魔法の力で　笑いにしたら
あの子の病は　治りましょうか
私の元気も　湧き上がりましょうか

溢れる私のこの想い
魔法の力で　薬にしたら
あの子の病は治りましょうか
優しい天の神様どうかお恵みを

溢れる私のこの想い
魔法の力で　御馳走にしたら
一人暮らしのあの方は
舞い上がってしまうでしょうに

時には　変身

時には寂しい野良犬に
あなたに尻尾を振りたい時もある
甘えてしまえばいいものを

時にはのどを鳴らしてゴロゴロ猫に
悩み捨て去り　暮らしたい
冬は炬燵で寝ころんで

時にはゴリラに成りすまし
バナナを食べて　何もかも忘れ去り

エッホホ胸をたたいて遊びたい
時には鬣《たてがみ》なびかせライオンに
やるせなくて　遠吠えしたい
哀しみが遠ざかりそうだから

夕焼け空の一番星さん
闇夜を照らす三日月お月さん
一緒に笑ってくださいな

翡《ひ》　翠《すい》

奥深い色と輝き
魔法のパワーストーン
あなたの誕生石
糸魚川のほとりで生まれた国石
勾玉《まがたま》　三種の神器の一つ
古代のロマン
秘めたる「知性」
見かけは　ただの石
秘めているものがあるから
磨けば光る

原石は
磨かれて
翡翠になる
忍耐・調和・飛躍
お守り
宝のもちぐされに
ならぬよう
生きて行きたい

涙には

涙には色があるんだほんとだよ
嬉しい時は虹色涙
苦しい時は血の涙
涙は私の友達だ

楽しい時はオーロラ涙
哀しい　時は　マーブル涙
涙は私の友達だ

嘆きの涙は　ぐしゃぐしゃ涙

訳もわからずただ虚しい
涙は私の友達だ

仕様のない事だらけのこの人生
余りにも悲し過ぎると涙も出せない
涙は私の友達だ

流す涙は川になり
聖なる海に注ぎゆく
やがて天に昇り雨となり
この大地を潤す
生きとし生ける者たちの
命の上に降りそそぐ

涙とパン

あるのは生か死か
絶望の淵に立ちすくむ
でも　怖くはない
誰も皆　一人で生まれ
誰も皆　一人で旅だつ
必ずいつかは終わる人生
涙を味わいながらパンを食べる
生きて行くことは辛いけれど
闇を嘆くことはないのだ
すべては神様にゆだねましょう

私は

私は何を支えに
生きているのだろう
求めるのはよそう
澄んだ青い空と
優しい風があればいい
あの日あの時　夕焼けの向こう
思い出の中に安らぎがある
闇の夜を照らしてくれるお月様
一番星のちらつく今宵
輝きつづけるシリウスの伝説

私

これからは
妻でもなく　母でもなく
一人の人間
私は　私になりたい
私は　私になろう

絶望した夜

絶望した夜は
絶望を枕に寝る
絶望音楽を聴き
絶望名言を聴き
絶望名人の言葉に涙
絶望し飽きて夢を見る
目覚めれば絶望に
寄り添う言葉に
励まされていた

人生

七転び八起き
すべったり転んだり
一難去ってまた一難
真坂の坂のど真ん中
もう駄目だと
落ち込みながらも飯を食う
ほんとにお終いだと
嘆きながらも酒を飲む
艱難辛苦の繰り返しだけど
生きてさえいれば

何とかなるもんだ
苦しきことのみ多かりし中
蟻地獄の罠にもがきながら
今日を生き明日へ向かう
どしゃぶりの雨が上がれば
やがておてんとさんが顔を出す
雲が去りあの山の彼方から
美しい虹の橋がいつの日か
人生捨てたものじゃない
神様はいらっしゃるかもしれない

両腕のないミュージシャン

絶望を希望に
苦しみを喜びに
涙を笑顔に変える勇気
恐れずに立ち向かったあなた

どれだけの努力をしたなら
足でギターを弾けるのでしょう
両腕のないあなた
優しい笑顔が音楽にのりこぼれる

どれだけの苦しみを味わったなら
足でギターを弾けるのでしょう
両腕のないあなた
勇気溢れる君の心が輝いている

どれだけの涙を流したなら
足でギターを弾けるのでしょう
両腕のないあなた
希望に燃える君の魂が世界を照らす

切断のヴィーナス（写真展）

あどけない瞳で微笑んでいる少女
内戦でもぎとられたその両腕
何の屈託もないその瞳が
私の心を虜にした
足指に鉛筆を挟み文字を書く
ラブレター　恋人でもできたかな
足指で食事もできる　足を手にして
現代の武器スマホを使いこなす
現状を受け入れるまでの葛藤を思う
モナリザのほほえみは永遠

彼女はカンボジアの輝く星だ
写真と対面していたら涙がこぼれた
前を向いて歩き続ける姿
あるがままの自分を信じ
たくましく生きる魂に　頭を垂れた
未来を見つめるその瞳
障害は（病も）不幸ではない個性だと実感
今を生きる幸せ　素晴らしさに心が揺れた
私も生きる力を戴いた

ひーふーみーよー

ひーふーみーよー　いっむーなー
指折り数えて　あなたに逢った
この広い世界にただ一人
私を包んでくれる人
ただいるだけで温かい
この手をつなげば心満たされる
みぞれ交じりの　雪が降る
シャリシャリ　ヒラヒラ
寒い寒い冬の夜は
あなたのことが愛おしい

それでいいではないですか

桜吹雪の　並木道
若葉も　キラキラひかってる
菜の花畑にゃ　ひばりが昇る
空に泳ぐは　こいのぼり
それでいいではないですか

雨々ふれふれ　たんとふれ
角だせやりだせ　カタツムリ
ぴょんぴょん蛙は　歌いだす
ライラック　咲けば花嫁やってくる

それでいいではないですか

炎天下の　蟬しぐれ
入道雲は　湧きあがり
海辺じゃ子供が　カニと戯る
夜空にゃお星が　ピッカリコ
それでいいではないですか

秋の風に　モミジが散るよ
空は高いな　飛行機飛ぶよ
山から柿栗　コロコロリ
里では　かかしが笑ってる
それでいいではないですか

北風ピューピュー　裸の樹

大雪小雪の　降る晩に
生き物たちは　冬ごもり
焼き芋ほかほか　ホッカイロ
それでいいではないですか

人生は砂時計　一人より二人
好きなことを　好きなように
ボタン　シャクヤク　バラの花
優しさに　包まれてこの道を行く
それでいいではないですか

ありのままで

人はどこからきて
どこへゆくのでしょう
この星に生きている不思議

迷っている間に
争っている間に
眠っている間に

こぼれた思い出は去り
喜び哀しみ乗せて

時は過ぎ去ってゆく
楽しくありのままに
より深くありのままを
逃げないで生きること

あきらめる

「あきらめない」
こだわりを捨てた
「あきらめる」　ことにした
ふわーっと　体が軽くなった
私の魂が喜んでいる
仕様のないことに
固執していても始まらない
すべてはなるようになる
そう思った時
私は

私に戻ることができた
これでいいのだ

夢

いくつになっても
ときめき
心を燃やすものがある
夢中になれる自分がいる
好奇心に満ちて生きる
そんな自分で
ありたい
一生青春　一生感動

愛と挫折

哀しみの太陽が昇る
泳げない私を海に突き落としたあなた
山の頂上から谷底に放り出したあなた
あなたは吠える白い狼　甘えでしょうか
研ぎ澄まされた切っ先がきらりと光る
親子はそれぞれの道を歩き
生きて行かねばなりません
いつか分かりあえる日が来ることを
この胸に納めそれぞれの山へ登ろう

それでいいのか

人生は修業のためにあると人の言う
死んでしまいたい　死ねない
痴呆になってしまいたい　なれない
親をやめてしまいたい　やめられない
はざまで苦しむ　悩み憤慨し針の筵
ナニヲクヨクヨ　ケラケラオケラ
くだらないことで壁にぶち当たり
人生を空振り　それが現実
泥沼のドジョウを洗うがごとし
ひねくれた心のよりが戻らない

抜いた刀が鞘にもどせない
辛い事だけが身に染みるけれど
空を見上げりゃ　気が晴れる
やっぱり今が一番
人生を終えるとき
これでいいのだと
自己満足ができたら
それでいいのだろう

【解説】「ふるさと」と「愛する子」の新生を物語る人

堀田京子詩集『愛あるところに光は満ちて』に寄せて

鈴木比佐雄

1

堀田京子さんの新詩集『愛あるところに光は満ちて』を読んでいると、何でもない日常の言葉が温かな光を照射されて、その光の体温で愛とも言える慈しみの心が言葉に宿り、立ち上がってくるかのようだ。堀田さんの詩の言葉には、世界を駆け巡る冷酷な言葉を、どうしたら人間を生かす体温とも言うべき愛の言葉に変換できるかという問いがあるように思われる。堀田さんは二〇一五年に第二詩集『大地の声』、二〇一七年に第三詩集『畦道《あぜみち》の詩《うた》』に続き、今年の二〇一八年に新詩集を刊行した。全てこの一年間に書かれた新作であり、堀田京子さんの筆力はだんだんと力を増して、いま書かざるを得ない切実な想いを詩に刻んでいる。

今回の詩集が前の二詩集と異なることは、堀田さんの長女が膠原病を患い何度も死期をさまよい、長女に寄り添いながらもどうしても書かなければならないことを詩に書かれたようだ。堀田さんとは第三詩集の刊行後すぐに、看病のために一年近く連絡が取れないことが続いていた。けれどもその間に、一五〇篇近くが書かれていた。その中から新詩集には一〇〇篇の詩と〈あとがきにかえて「病と共に　祈りの日々」〉という散文詩的なエッセイが選ばれ収録されている。その「病と共に　祈りの日々」を読むと、絶望する娘を前にして堀田さんが母として自分が何をすることが出来るのかを深く自問して、その母が娘に寄せる想いを書き記していることが分かる。なぜ堀田さんが短期間にこれほどの詩篇を書かざるを得なかったか。それは今も病を抱えて苦悩する娘に、「あなたの命はあなただけのものではない」と言い、亡くなった父母や夫と暮らした「ふるさと」を想起し、娘の「病と共に」生きていく母の想いを伝えようと願ったのだろう。

序詩の「海」には堀田さんの人生哲学的な「愛」の想いが短い詩に込められている。

海

人生は悲哀の海だ／涙の海を泳いで渡る／あきらめず／浜辺にたどり着いたなら／砂に書こうよ／「愛」の文字／愛あるところに／光は満ちて

この詩「海」では、「人生は悲哀の海だ」で始まるが、きっと祖父母や父母や夫などの親族を看取ってきた堀田さんが、愛する人との決別の「悲哀」をそのように表現したのだろう。数々の訣別は「涙の海を泳いで渡る」ことなのだと告げている。けれども決して「あきらめず」に自分が生きる場所である浜辺に再び着かなければならない。そして生き延びた果ての浜辺の砂に〈「愛」の文字〉を記すのだろう。するとその文字を書いたものの心が「愛あるところに」生まれ変わり、「光は満ちて」くるはずだと堀田さんは深く願うのだ。ある意味でこの詩集は病の娘へ届ける「ふるさと」の地場の花から摘まれた花束のような詩集なのかも知れない。その花束には様々な愛の香りを感ずるだろう。

2

詩集は四章に分かれ、一章「ふるさと」十五篇は、詩「ふるさと」から始まり、堀田さんの出生した「ふるさと」と夫と子育てをした二つの「ふるさと」の生成と喪失が展開されてくる。

ふるさと

思えばここは　私のふるさと／あなたと出会い／あなたと暮らした町／／春には草木萌えたち／大地は甦り眠りから覚める／花咲き鳥歌い光あふれる街／夏にはひまわり咲きめぐり／あなたと過ごしたあの夏／燃える日々懐かし／秋には霧立ち込めて／深い森

は弔いの季節／新しい命を宿しながら／冬には葉ボタン／柔らかな衣装をまとい／温かなあなたの愛を包む／／思えばここは私のふるさと／永遠に眠りしあなたの上に／風そよぎ　星降るさと

序詩「海」の「愛あるところ」とは、堀田さんにとって「ふるさと」なのだろう。堀田さんの「ふるさと」は二つあり、一つは第三詩集『畦道の詩』に記された出生し高校卒業まで暮らした群馬県である。もう一つが「あなたと出会い／あなたと暮らした町」である、第二詩集『大地の声』で記された今も暮らしている清瀬市周辺を指すのだろう。「あなたと暮らした町」こそが「私のふるさと」になったのだと共に過ごした時間を慈しんでいる。そして、その町の四季の華やぎを振り返り「あなたと過ごしたあの夏／燃える日々懐かし」と堀田さんは夫と暮らした日々を奇跡のように追想している。「冬には葉ボタン／柔らかな衣装をまとい／温かなあなたの愛を包む」と言い、新しい「私のふるさと」を二人で作り上げてきたことを想起し、「温かなあなたの愛」と冬の葉ボタンの温かなイメージとを重ねている。人は現在や未来を生きるのだが、豊かな過去を反復する現在を生きて未来へとその記憶を伝えいくことも貴重なことだろう。最終連の「私のふるさと」に眠りについた夫は、「風そよぎ　星降るさと」の住人であると締めくくる。この「私のふるさと」を「星降るさと」とイメージしユニークな言葉遣いを生み出してしまうところが堀田さんの詩の大きな魅力の一つだろう。

二篇目の詩「空は見ている」は「優しさゆえに　生きることが／下手だったかもしれないあなた」を鎮魂する詩篇で、その「優しかったあなたのこと」をきっと「空は見ている」だけでなく、「空は悲しんでいる」とも言い、大いなる「空」のような無限な存在が自分たちを見詰めていると感じている。三篇目の詩「冬桜」は、「ふるさと」「空は見ている」に続く夫への鎮魂歌でもあり三部作の最後の詩とも言える詩だ。夫婦の情愛の深さを伝えるとても想いのこもった抒情詩であり、堀田さんの代表作となりうるだろう。晩秋に「もの悲しげに寂しく咲く冬桜」を見上げていると「あなたの声が聞こえてくるよ」と言い、冬桜の美しいがどこか悲しげな風情を夫の存在に重ねている。堀田さんは夫との良き思い出で生かされており、その追想された幸福な記憶のなかで夫の声に耳を澄まし共に生きているに違いない。四篇目の詩「笑顔」から十三番目の「ごはん」までは、父母と共に暮らした「ふるさと」の群馬県を想起する詩篇であり、堀田さんを励ましてきた言葉が書き留められている。その想起された生きるためのエネルギーを喚起させる言葉は、次のような痛切な言葉として記されている。例えば父母の「笑顔」、母の「おやげねーなー」（可哀想）という言葉、父の「元気で　やってるかい」という励まし、「哀しみの時こそ　にこやかに語りましょ」、「喉がヒリヒリ痛むときゃ／ネギが一番」、「まだほんのり甘い　カルメ焼き」、「つるべ井戸のきしむ音」、「鳥歌い雲流れゆく」、「質素な暮らしが人を作った」などの「ふるさと」の自然や共同体の中で培われた知恵や家族愛などの過ぎ去ってしまったが、堀田さんにとって決して忘れることができない重要な記憶を書き記している。最後から二篇目の詩「わけもわからず」では、自己を振り返りながら最終行で「あの人の写真を胸に／孤独を道づれにこの道を行く」と今の心境を淡々と語り、一人であってもこの「ふるさと」で生きていく決意を告げている。一章最後の詩「消えゆくものよ憐れなり」では、戦後時代を支えた多くの事物や家族や共同体の関係性などの「消えゆくもの」に呼び掛けて、「憐れなり」とその役割が終わったことを見届けるために詩に書き残し、「懐かし友よ

いざさらば／二度と会えない　この侘しさよ」と堀田さんは出生した群馬県の「ふるさと」の喪失感を見詰めている。「憐れなり」というのは「ふるさと」の自然や共同体や家族の優れた美点に気付かずに葬り去るのは忍び難いと考えているのだろう。その意味で「ふるさと」の再生こそが堀田さんの情熱に火を付けてしまったのかも知れない。

3

二章「四季の音色」三十六篇は、すでに滅んでいるかもしれないが少なくとも堀田さんの心に刻まれている「ふるさと」の多様な自然の在り様を想起して詠っている。冒頭の「すずめ　すずめ　ここまでおいで」を引用してみる。

すずめ　すずめ　ここまでおいで
すずめ　すずめ　遊びにおいで／チイチチ鳴いて　ここまでおいで／勇気あるものには　沢山のパン／ビクビクしているものにも沢山のパン／怖がらなくていいんだよ／ため息ばかりが　能じゃない／私を信じてここまでおいで／腹が減っては戦はできぬ／朝霧立ち込め季節は巡る／梅のお花がほころんだ／水仙の花も香りだす／待ってる春はここまで来たよ／さあ　おいでおいで／ここまでおいで

このようなすずめに餌を与えながら、一緒に戯れているような遊び心がこの詩のリズムに乗り移り、詩を楽しく生き生きとさせている。「私を信じてここまでおいで」などの素直な童心を宿した表現は、微笑ましく童謡詩として子供たちにも触れさせたいものだ。

その他の多様な詩のテーマは、「ヒバリ」、「ハコベ」、「小さな風」、「踊り子草」、「カマドウマ」、「バッタ」、「へちま」、「くすの木」、「野の花」、「鬼百合」、「ダンゴムシ」、「フクロウ」、「お蚕さま」、「どしゃぶりの雨」、「棗」、「虫の天国」、「羽虫」、「花火」、「芝生」、「蓑虫」、「いがぐり」、「カラス」、「十月桜」、「紅葉」、「木枯らし」、「雪が泣く」、「トナカイ」、「ポインセチア」、「サンタ」、「大きな木」、「ロシアの民」、「ワルツの子守唄」、「私の好きなあの人」、「冬薔薇」などだ。堀田さんはこのようなこの世界を成り立たせている多様な生き物たちと共生する場所が「ふるさと」だと物語っているのだろう。

三章「あなたと共に」二十八篇は、胸騒ぎがして駆け付けると仮死状態で発見した娘に呼び掛けて、娘の命の再生を願い寄り添い続け、娘が再び自分の足で歩き始めることを見守る詩篇群だ。冒頭の詩「仮死」を引用する。

仮死

胸騒ぎ／朝一番に駆け付け見れば／冷たい部屋に　置き去りにされ／そこにあなたは　倒れこんでいた／うつろな瞳をかすかに開けて／「お母さん　そんなに苦しくないよ　大丈夫」／あなたは澄んだ瞳でささやいた／本当に衰弱してしまった体／手足は氷のように固まり／仮死状態のあなたがいた／救急タンカに乗せられて／体温計測できず／寂しい永い夜だったことだろうに／泊まってあげればよかった／むくんだ冷たい足を／さする私の手が震えていた／必死のおもいで／サイレンの音に祈る／お願い　生きていて

母としての堀田さんが「体温計測できず」に凍るような死に向かっている娘の姿を発見したことで、どんなにか激痛が走り苦悩されたことだろうか。それでも母の眼に見えない胸騒ぎが、娘の体温低下を食い止めて命を救ったことは確かだろう。この詩は母が子を想う行為が生み出した奇跡的な詩のように感じられる。堀田さんはある意味でもう一度、わが子の命を産み落としたように思われる。「仮死」はもう一度、生を取り戻し娘が「新生」する機会になると告げているようだ。堀田さんはこのような娘の極限の修羅場をよく書き記したと思われる。その意味で今回の詩集の中でもこの詩は最も感動的な詩だろう。「むくんだ冷たい足を／さする私の手が震えていた」けれども、「サイレンの音に祈る／お願い　生きていて」という母の想いは、子に伝わったのだと感じられる。その後の二十七篇は「泣き言を／言わないあなた」である娘と命が甦ることを願い続ける母との溝が少しずつ溶解するように進んでいく詩篇だ。

その中で堀田さんの意識は、娘の命だけでなく、この世のあらゆる命の尊さを詩作していくことに向かって行く。

第四章「命」二十篇は、娘の存在の危機を通して「命」そのものを感じ考えていく詩篇であり、この世界に生きる存在者たちの哀しみや喜びを物語り、それでもこの世界にあることへの感謝を伝えている詩篇群だ。詩「そうなんだ」を引用する。

　そうなんだ

悲しい時には　天仰ぐ／両手いっぱい　空を抱く／目にしみる青い空／そうなんだ　生きてるものは皆悲しい／／寂しい時も天仰ぐ／太陽まるごと　懐に入れてみる／温もりいっぱい　勇気が湧くよ／そうなんだ　生きてるものは皆寂しい／／辛い時には
　大地にひれ伏す／生きとし生ける者の声を聴く／虫けらよ　泣くんじゃないよ／そうなんだ　生きてるものは皆辛い／／やるせ

ない　夜には／闇夜に向かって吠えてみる／大きなお月さん　背負って行こう／そうなんだ生きてるものは皆やるせない／／どんな時でも　星に祈りを／満天の銀河に向かいて投げキッス／あとからあとから　流れ星／そうなんだ　生きてるものは皆素晴らしい／愛と勇気を友達にあなたと一緒に歩いて行こう

序詩「海」で堀田さんは〈砂に書こうよ／「愛」の文字／愛あるところに／光は満ちて〉と記した。その思いが最後の「そうなんだ生きてるものは皆素晴らしい／愛と勇気を友達にあなたと一緒に歩いて行こう」という詩行に結実したのだと思われる。「あなた」は夫や娘などの家族だけなく、この世界に生きるものたち全てだろう。そんな堀田さんの多様な詩の世界を多くの人びとが探索し「一緒に歩いて」欲しいと願っている。

あとがきにかえて
病と共に　祈りの日々

「いつ死んでも悔いはない」できる限りのことはやった。そう思い込んで楽天的に過ごしていた自分。しかしそんな日々は一瞬のうちに崩れ去った。23年間丸の内で法律の仕事をし、マンションで一人暮らしの長女。盆と正月にくらいしか会うこともなかった。寂しい事だが、もう他人になってしまったのだとあきらめていた。その長女が膠原病（全身性エリテマトーデス）発症、目の前が真っ暗になった。この世のすべてのことがどうでもよくなり、世界は灰色にぬられていった。難病その2文字が頭にこびりつき離れない。この病の怖さを知れば知るほどに追いつめられ心は沈むばかりであった。親しい友人が2人この病気で若くして亡くなっていた。彼らの死顔が脳裏に焼き付いて離れない。娘は、すでに足はパンパンに浮腫み歩くこともできず、続く高熱に身を焼いていた。しびれは持続、肺が侵され咳や痰がひどいそのうえ腎臓機能が侵されつつあり予断を許さぬ状況。それでも自分でなんとかしようと思い込み、かたくなに心を閉ざし、親の助言は耳に入らない。ステロイドや免疫抑制剤に危機感を抱き現代医療を避けていた。私はすべてを投げ出し、全身全霊をささげ彼女を援助することにした。夫の介護の時と違い全く心にゆとりがなかった。漢方で治すと決めた時はすでに手遅れ。高熱のため衰弱し、寝たきりで苦しんでいた。救急車を4度要請、しかしどこも空ベッドがなく検査ばかりで返された。私は希望を失い自宅に遺体置き場を考えるほどだった。長く生きて苦しむより楽になってほしいと思った。やりたいことはすべてやってきたようだ。乗馬・テニス・海外旅行何よりグランドピアノまで購入し、ステージもこなしてきた娘。人生は長さではない。これも宿命かもしれないと覚悟を決めた。

発症の原因はストレス。引き金は23年間勤めていた法律事務所をやめて、畑違いの保育士になった事。栄養士や医療事務、パソコンでの楽譜入力。何でも挑戦していたらしい。保育現場は想像以上に厳しく、夢は破れていった。通勤だけでも驚異的。両国までは厳しい。早番や遅番持ち帰りの仕事。聞けば転職してから風呂につかる時間がなかったとのこと。食べることさえおろそかにした結果の代償は、あまりにも厳しかった。数えられないストレスに体がついに悲鳴を上げた。

私は身の回りの世話や食事つくりにマンションへかよっていた。しかし10キロ以上も体重が落ち見ていられない。現代医療を拒否し続け死の淵に立った。解熱剤を飲み意識を失った。寒い部屋に一晩中たった一人で倒れこんでいた。胸騒ぎを覚え朝一番に駆け付けた時は虫の息。体温計測不能。気が抜けて朦朧とし、ぐったりとした体は冷たくなっていた。死なせてなるものかと思いつつも、一瞬このまま死ぬんだと感じた。運よく都立のO病院の先生方に助けられた。大量の輸血をしていただき命を吹き返した。首も上がらないほど衰弱していた体は日増しに回復していった。私は彼女の退職の手続きから健保の手続き。入院手続きその他もろもろ目が回りそう。彼女の将来を考えると自分が病気になりそう。一気に4キロ痩せた。標準体重に近づいた。しかし、このままでは倒れると思い何とかしなくてはいけないと自分を奮い立たせた。人生は一瞬で谷底に突き落とされることがある。死んだほうがましだと思う人の気持ちが少しわかった。今は死ねない、人生最大の危機。

減塩食事は1日1600キロカロリー。日を追うごとに食欲がまし、差し入れが始まる。添加物や農薬には特に気を使う。腎臓の力が落ちているため対応しきれない体。毎日欠かさずたっぷりの青菜を差し入れ食べてもらう。自宅菜園の野菜は血をきれいにしてくれる。この病は血液の病気。免疫機能が混乱し自分の体を攻撃している状態。心の在り方が招いた病。周囲にもたくさんの膠原病の方々がおり励ましてくださった。娘は次女から差し入れの『身体が「ノー」と言うとき　抑圧された感情の代価』（日本教文社　ガボール・マテ著）、スピリチュアルな考え方に夢中になった。見舞いの次女は「お姉ちゃん、自分で治すしかないんだよ」と励まされた。私には「母子関係ができていなかったんじゃないか」と問い詰め厳しい事を言う。子供のためにわが身を削りやってきた結果がいけなかった？　時効？　でも時効にできない。関係性を取り戻すことを今からやるしかない。何事にもいい子でいた結果の病。娘は毎日のように幼少時代の出来事を思い出し語った。感受性の豊かさゆえに、自分の内へため込むような性格が作られたのかもしれない。この本が見事にその説明をしてくれた。小さいうちから親に気に入られるように生きるなんて考えてもみなかった。本当の自分を出せずに大人になってしまったというのだろうか。詫びようもないがどんな親も子供のために汗水流している。むなしい、謝りようもない。共働きという現実の中で無理もさせた事だろう。夫は会社人間だったが、家族のために夢中で働いていたのだ。高度成長期に育ち不自由ない暮らしの中で、病んでいた娘の心は全く見えなかった。末は博士か大臣かとは言わないが幸せになってほしいとの願いはどの親も一緒であろう。

ステロイドや免疫抑制剤や腎臓には新薬を使い現代医療で生かされた長女。生まれ変わるつもりで病に向かい生きる。病は自分自身を生きろと教えてくれたのだ。自分を救うのは自分以外にない。娘は夢を語り好きな音楽に没頭、フランス語も学び始めた。希望が見えて嬉しい。

恐れずに生きよう!! 娘は一時帰宅し愛用のピアノでラフマニノフの「楽興の時」を力強く弾いてくれた。45才、これからの人生、何が起こるかわからないが、まだあきらめるのは早い。勇気が湧いてくる。私も生まれ変われるような気がした。

チャップリンの言葉が支えになった。哀愁をおびた「エターナリー」のメロディが切なく響く。

「人生に必要なのは、勇気と想像力、それと少しのお金だ」

「人生は必要以上に怖がらなければ、美しく素晴らしいものなのだよ。だから、人生そのもののために戦うんだ。生きて、苦しみ、楽しむんだ！」
「君は病気と死についてばかり考えているが、避けられないものは死だけじゃない。生もそうだ。人生！　命！　生命さ！　宇宙にあるパワーを思い浮かべてごらん。それは地球を動かし、木を育てる。同じ力が君の中にもあるんだよ。その力を使うだけの勇気と意志を持つんだ」「人生に一体どんな意味を求めてるんだい？　人生というのは願望なんだ。意味じゃない」「力を使うだけの勇気と意志を持つんだ」

生と死が交錯する病院、大勢の人々が病気と格闘している。病から生き方を問われた娘。病は気からという諺の真意も少し分かった。体と心、精神は三位一体。電通の高橋まつりさんの過労自殺（イヴの日に）、他人ごとではない。娘も病に倒れる程の想像を絶する過労の日々。我慢の限界、ストレスが爆発。3か月余に及ぶ入院生活。彼女の音楽仲間も見舞いに駆け付けてくれた。病はいろいろなことを教えてくれた。これからは新しい自分にふさわしい生き方を模索し緩やかに歩いて行ってほしい。退院後が勝負。中国医療を信じて時間をかけて治療。親の援助には限りがある。これからは自分の足で歩いてゆかねばならない。信じた治療法を柱に第二の人生をスタートさせるのだ。私も闇の中でさまよっていた。元気回復を祈る日々。親であることの責任の大きさにつぶされそうになりながらやってきた。

ストレス社会はいつだれが病で倒れてもおかしくないほど不自然だ。二人に一人が癌になるという現代。豊かさの中の恐怖。食品の汚染は泥沼化。便利さや経済の追求の果てに農薬汚染・添加物の拡大、土地は農薬で死にかけ、命ある野菜が収穫できない現状。水だけで野菜ができる時代。食肉は抗生物質まみれ。昔、放し飼いだった家畜たちは、とじこめられて身動きできない状態で肉にされる。

養殖魚の実態、遺伝子組み換え食品の氾濫など恐怖だ。電磁波の影響など人体実験されているようなもの。しかし江戸時代の質素な暮らし、循環生活には帰れない。いかにして生きてゆくか個々の選択にかかっている。

海洋汚染も進み魚の異変。プラゴミは海を埋め尽くす。地球環境は二酸化炭素の排出などで痛めつけられ、温暖化の真っただ中。一方ますます進化する一方のハイテクノロジー、脳波でドローンを操作、車もＡＩが運転？　どうなってゆくの？　人間さまだけが偉いと思い込んでいる時代。「人間も自然の一部」このことを忘れて暴走する現代。自然の法則から遠ざかるほど精神は壊れ退廃してゆく。原発の放射能汚染もさることながら、新しい時代の流れは怒濤のように押し寄せてくる。憲法まで改悪されようというこの時代ますます暮らしにくい生活が見えてくる。

健康こそ宝。運動・栄養・休養のバランスを保ちつつ、マイライフを楽しんでゆこう。多くの方に健康法を教えていただいた。後藤先生の中国医療や百宝元はじめ、長崎の喜多さんからは玄米酵素、腸からスタート。「祈りは届く、あきらめたらだめ」と励まし続けてくださった吉岡さん。佐藤さんからは体験談や書籍の紹介。腸は第二の脳、黒焼き玄米に出会った。現在愛飲中。大勢の方々からあたたかい言葉を戴き感謝にたえない。自分もスピリチュアルな世界にとっぷりつかり、真剣に体と向き合う日々であった。

私の弟からは『笑いと治癒力』ノーマン・カズンズ（ジャーナリスト）の紹介。強靱な彼の精神力と活動には目を見張るものがあった。膠原病からの脱出。核兵器廃止の平和運動、カリフォルニア大学医学部教授。死の淵からの生還の記録は壮大な人間模様だ。笑いの力やビタミンCなどで免疫力をアップ。自己治癒力を信じてゆきたい。

病は疲れた心を癒し、前向きに生きることを教えてくれた。まだまだやりたいことが沢山ある。人間の一生はアッという間である。限りある命、支えあいながら生きてゆけたら素晴らしい。笑いが免疫力をアップしてくれる。笑ってこの人生にさようならができる日まで、四苦八苦しながら、共に生きて行きたい。

退院を記念してなつめの苗を植えた。実りの秋が待ちどおしい。なつめの花言葉は「健康」。私も娘もなつめの実のエキスを戴き恩恵を得ている。

〈追記〉

M医院（大阪）の先生のブログは、未来への希望を頂くことができた。膠原病は自己免疫疾患ではないと言い切り、治療もステロイドなし。自己免疫をあげる手伝い、漢方などで免疫力アップ。膠原病は化学物質アレルギー、化学物質蔓延時代の現代病。自分の副腎皮質ホルモンが過剰に出てしまいこの病を引きおこす。ストレスにさらされる生き方の問題。心の在り方を１００パーセント変える必要があるとのこと。薬の副作用で、侵される体。もうけ主義第一の製薬会社を厳しく問いかけている。薬は毒にも薬にもなる。薬という文字は草冠に楽しいと書く。野草の秘めたる効能にも驚く。自然界と持ちつ持たれつの人間の暮らしが原点ではないかと考えさせられた。漢方の歴史は2000年。この力を借りて生命力を蘇らせて行くことができれば、大変ありがたいことだ。本人の自然治癒力を信じゆだねるしかない。

添加物や保存料などの化学物質、農薬や土壌汚染などから逃げられない現代。

有機野菜まで危ないと言われている時代。何を信じたらいいのか、豊かさの持つ怖さをおもう。環境汚染や電磁波など避けられない現実。電子レンジは食品の波動を狂わし破壊するらしい。ますます複雑化する便利な時代にあって化学物質は蓄積、癌は増加してゆく一方だ。体に取り込んだ化学物質を排出するには大変のようだ。添加物のアミノ酸（グルタミン酸ナトリウム）一つとっても恐怖。神経毒らしい。中華料理症候群問題で取り上げられたこともある。利益追求・効率化、便利さのみ求めた結果の禍。過敏症になるのもどうかと思うが、無意識で暮らしていると危ない。

ネット社会は情報の海、何を選択するか自己判断にゆだねられる。のめりこんでしまうと足をすくわれかねない。渦に飲み込まれないように自分を堅持しなければならない。

退院後はマンションで一人暮らしの彼女。最新のドイツの波動治療など受け、漢方薬のお世話になり、暮らしている。食べ物へのこだわりは目に余り、ついてゆけない。食べられない食品の数々。アウトである。人生楽しくない。頭で食べず舌で味わえと言ってしまいそう。しかしそれを言えばおしまいになる。反対に親が傷つけられ鬱になりそうだ。個性を認めないわけではない。生きることの難しさを嘆く日々。世の中もっともっと重篤で苦しみぬいておられる方々が山といる。何はともあれ私は彼女の病気を通して沢山の学びをさせてもらった。有難いことだ。私はマナカナの「いのちの歌」

が好きで、良く歌う。落ち込んだ自分を支えてくれる。

「娘さんどう？　膠原病って治らない病気なんだってね。大変ねー」何気ない一言が私の心をぐさりと刺す。病気の人間イコール不幸という概念はありがたくない。どんな小さいことも喜びや幸せになりうる。「膠原病なんて医者が勝手につけた病名！　治るものなのよ‼」そう言って励ましてくださるのは整体師の渡辺さん。浜田先生はＯＰＣ・ビタミンＣそしてコッカス服用で、大勢の患者さんの元気を取り戻し、喜ばれている。漢方の後藤さんも確信をもって治りますと言い切ってくださる。実際友人も完治し３人の子供を育て上げた。あの曽野綾子さんも膠原病（シェーグレン症候群）、85歳で90歳の夫を見送り現役。驚くことはない。無傷完璧の人間なんてこの世にあり得ないのだから。皆何かしらの病を抱え込み、向き合って生きている。高血圧や糖尿病だって一生薬のお世話になるケースが多い。癌闘病中の若者も増えてきた。リンパ治療・プラズマ療法など新しい治療法が次々に開発されている。電子治療細胞レベルでの手当ても選択肢の一つ。それぞれに合った治療法で生きるすべを確立させて行きたいものだ。

胸膜炎で水がたまり状態が良くない。最悪の時はまた現代治療に頼るしか生きるすべはない。そんな時、次女がお姉ちゃんにといって音響免疫療法治療を教えてくれた。五反田の治療院に行き体験、話を聞く。世界が注目する最先端の治療、生きた響きを聴き背骨から全身へ波動を伝え免疫力をアップ。ゼロ磁場の不思議、これで救われた人限りなし。発明家のN先生はおおらかで人を包み込んでしまわれる。「お母さん頑張ったね」との一言に涙がこみあげてきた。「いい子だよ治る‼」と太鼓判。信じるものは救われる。信じないものはお断りとはっきりされておられる。慎重な彼女……。もう自分の人生自分で決めるしかない。たとえ昔甘えられなかったとしても、親はもう責任をとれない年齢である。曲がりなりにも豊かな時代に育ち貧しさを知らない者には人の心が読みにくいのかもしれない。謙虚に病と向き合う姿こそ大事。人を憎むような傲慢な人間は救われない。「有り難う・ごめんなさい・助けてください」といえる人間にならねば!! 鎧兜を脱ぎ捨て思いやりのある人間になれますように。私は今年から坐禅を始めた。薄暗い中で無になり、自分と向き合う。何が見えてくるか楽しみだ。

二〇一八年二月

堀田　京子

堀田京子（ほった　きょうこ）　略歴

一九四四年、群馬県生まれ。元保育士。
現在、合唱やオカリナサークルのボランティア活動中。
「コールサック」（石炭袋）会員。

〈著書〉
二〇一三年　『なんじゃら物語』（文芸社）
二〇一四年　随筆『随ずいずっころばし』（文芸社）
　　　　　　お話『花いちもんめ』（文芸社）
二〇一五年　詩集『くさぶえ詩集』（文芸社）
　　　　　　詩集『大地の声』（コールサック社）
　　　　　　詩選集『平和をとわに心に刻む三〇五人詩集』に参加

二〇一六年　エッセイ集『旅は心のかけ橋』（コールサック社）
詩選集『少年少女に希望を届ける詩集』に参加
詩選集『非戦を貫く三〇〇人詩集』に参加
二〇一七年　詩集『畦道《あぜみち》の詩《うた》』（コールサック社）
詩選集『詩人のエッセイ集～大切なもの～』に参加
二〇一八年　詩集『愛あるところに光は満ちて』（コールサック社）

〈受賞歴〉
現代日本文芸作家大賞、日中韓芸術大賞、日伊神韻芸術優秀賞、日独友好平和賞、モンゴル英雄作家光臨芸術賞など。

〈現住所〉
〒二〇四 - 〇〇一一
東京都清瀬市下清戸一 - 二二四 - 六

石炭袋

堀田京子詩集『愛あるところに光は満ちて』

2018年3月26日初版発行
著者　　　　　堀田京子
編集・発行者　鈴木比佐雄

発行所　株式会社 コールサック社
〒173-0004　東京都板橋区板橋 2-63-4-209
電話 03-5944-3258　FAX 03-5944-3238
suzuki@coal-sack.com　http://www.coal-sack.com
郵便振替　00180-4-741802
印刷管理　（株）コールサック社　製作部

＊装幀　奥川はるみ

落丁本・乱丁本はお取り替えいたします。
ISBN978-4-86435-335-9　C1092　￥1500E